KB082002

꽃 한 송이 잇는데 평생이 걸린다

꽃 한 송이 잊는데 평생이 걸린다
서정윤 시집

초판 인쇄 2019년 05월 15일
초판 발행 2019년 05월 20일

지은이 서정윤
펴낸이 신현운
펴낸곳 연인M&B
기 획 여인화
디자인 이희정
마케팅 박한동
홍 보 정연순
등 록 2000년 3월 7일 제2-3037호
주 소 05052 서울특별시 광진구 자양로 56(자양동 680-25) 2층
전 화 (02)455-3987 팩스 (02)3437-5975
홈주소 www.yeoninmb.co.kr
이메일 yeonin7@hanmail.net

값 10,000원

ISBN 978-89-6253-457-3-0 03810

꽃 한 송이 잊는데
평생이 걸린다

서정윤 시집

사랑이 어떻게 변할 수 있냐고
다녀올 때까지 기다려야지 몸이 못 오면 영혼은 오겠지
별과 나뭇잎이 만나는 공간에서 기다린다는 엽서를 쓴다

연인M&B

내 기다림은 별이 된다.

사막의 지평선 그 너머에서 별이 떠오르면

기다림은 꽃으로 피어난다.

사막이 아름다운 건

그 어디에선가 별이 나를 기다리는 걸 알기 때문이다.

별이 혼자 눈물 흘리는 걸 본 적이 있다.

더 이상 환생하지 않을 영혼으로

가슴 문드러지는 그리움을 꽃피우기 위해

생명의 기운을 모두 토해 내는 걸 본 적이 있다.

꽃향기가 별에까지 올라가면

수천 년 잠들었던 풀씨가 눈을 뜬다.

발을 디디고 걸을 땅이 있다는 사실을 깨닫는다.

너무나 당연한 사실을 고마움 없이

살아온 것이 부끄러울 나이가 되었다.

네가 있어 줘서 참 고맙다 라는 손편지를 별에게 부친다.
별빛이 가늘게 떨리며 내 심장에 닿는다.

살아 있으니 이런 떨림을 느끼는구나.
그때 삶을 포기하지 않길 잘한 것 같다.
지금까지는…….

참 어설픈 삶이지만
마음에 등불 하나 켜고 살기로 했다.

2019. 봄이 가득한 날
서정윤

| 차례 |

2

노을 묻은 낙엽

3

꽃 지면서 사랑도 데려갔다

4

경계의 유리 조각

그린다, 너를

질경이꽃

어쩌다 넘어질 수 있다
하지만 일어나면
더 빛나는 햇살이 반긴다는 걸 보겠다
수없이 막아서는 번개를 넘어

내 그리움은 천년을 버텨 온
바위보다 단단하고
만년을 흐르는 강물보다 은근하다
죽음의 수평선으로도 나누지 못할,
풀씨의 사랑
바람이 치이는 풀잎의 들길에서
너를 부른다.

엽서를 쓴다

지금 사랑과 노래는 멀리 있다
매서운 바람이 달려오고
서쪽으로 가는 기차에 노을이 탔다
폭설처럼 멈출 수 없는 삶
네가 불어오는 내리막길
꽃이 정신 차리고 주위 돌아볼 시간이다
사흘째 잠들지 못하고 깨어 있다, 빛이 터지고
시간은 울먹이기만 했다

꽃 한 송이 잊는데 평생이 걸린다는 말
진정한 별빛과 눈을 맞추는 일
운명의 물길 만나야 행복의 촛불인데
늘 비켜 가는 삶인 이번 생
다음엔 절대 떠나지 않겠다 다짐한다
사랑이 어떻게 변할 수 있냐고
다녀올 때까지 기다려야지
몸이 못 오면 영혼은 오겠지
별과 나뭇잎이 만나는 공간에서 기다린다는 엽서를 쓴다.

낡은 사연

그래도 살아 보자고 다독인다
살구꽃이 나비 떼로 떠나고
들판에 먼지바람이 횡해도
그늘에 자라는 풀도 있고
햇살 아래 목마른 보리도 있다

부당한 먹구름 아래 서 있을 때
뿌리에 힘줘 움켜쥐어야 한다고 말해도
팔뚝 힘이 약해지는 시간에 들어간다

여기쯤에 얼마나 힘들었을까, 아버지는
아무것도 할일 없는 무기력한 자신
가지와 잎들은 앞다퉈 떠나는데
새둥지조차 빈 채로 지낸 지 몇 해
혼자 느껴야 하는 시간의 그림
나비도 넣고, 보리도 그려 넣어도
바람은 그냥 지나간다, 꽃 떨어진 살구나무
아버지에게서 온 편지 낡은 사연에
목장갑에 묻은 흙이 글썽이고 있다.

익는다는 것

가을 들판에 감이 익어 붉다
자세히 보니 감잎도 익었다
봄철 연약한 모습, 솜털 보송하던 잎이
여름 해와 비 별빛 거치면서
충분히 딱딱한 피부가 되더니
이제 물관과 채관 사이에 숨겨 두었던
노을이 잎맥으로 터져 나온다

열매만 익는 건 줄 알았다
열매 아닌 건 물드는 것이라 생각했다
가을 산
열매 없는 나무가 더 자존심 세우는 걸
네 시간 산행 길 내려와서야 알았다
나무가 심장에 금 긋는 건
한 해 모은 노을 온몸으로 터트리고
그 허전함 새기는 것인가 보다

우리가 익는 건
하고 싶은 말 참아 붉게 터져 나올 때란다
아직 덜 익었다.

슬픔이었다

내 슬픔을 거기에 내려놓았다
더 이상 슬픔은 도움이 되지 않는다는 걸
알았다, 마지막 등대 앞에서

돌아설 때 슬픔이 울부짖는 소리 들었지만
나는 개의치 않았다
그동안 너무 오랫동안 나를
지배해 오지 않았던가
뇌의 뉴우런을 먹으며 나를 조정하던
지긋지긋함

내 행동의 절반 차지하던 녀석과
헤어진다는 건 나에게도 힘든 일이었지만
불가능한 일이었지만
가능한 일로 만들고 싶었던 것이다
거기에는 작은 슬픔의 무더기들이
인력시장처럼 웅성거리고 있었지만
내가 내려놓은 녀석이 제일 컸다

지금까지 나를 이끌어 오던 힘에서 떠나
스스로 의지로 걷는다는 건

매우 낯설고 두려운 일이지만
나의 날개 펼쳐야 했다

슬픔을 떠나 산다는 건 어떤 느낌일까
벌써 궁금해졌다 나를 지배하던 슬픔은 또
누군가의 뇌를 지배하기 위해
사랑이라는 옷을 입고 거리 돌아다니겠지
커피향에 잠시 정신 잃은 영혼을 찾아.

무심하다

바람이 빨랫줄을 그냥 지나치지 않고
아기 양말을 들여다본다
그 옆 널린
매매 비틀어 짠 누런 아빠 런닝
어깻죽지 등에 난 구멍 기워 줄 생각 않고
작은 바람과 들락거리며 장난친다

아빠는 아기 발에 새 양말 신길 수 있으면
구멍난 옷 입어도 괜찮았다
가장 절망적인 건
아기 양말이 구멍났을 때다
아니, 양말이 작아져서 아기 발
목 졸린 흔적 붉을 때이다
손목관절 무릎관절이
소리 내며 경고 보내도
아빠는 그렇게 살아가는 것이다
세상의 모든 아빠는…….

나뭇잎 사이로

나뭇잎 사이로 빗방울 떨어지네
나뭇잎 사이로 네 사랑이 떨어지네
바닥이 홍건하게 젖네
내 마음이 젖었다는 말이네
머물러 있는 시간은 없고
흐름 속의 기억은 불타고 있을 뿐
어딘지도 모른 채 가고 있네

구름만 알고 있었네
나무의 뺨이 젖어 흐르는 것을.

구름 따배이*

찻사발과 달항아리도 굽이 있어
몸이 그대로 서 있다
말 되어 나오는 생각이
스스로 자리잡고 앉을 수 있기 위해
따배이 만들어 밑에 깔았다

너무 가까워 늘 함께해도
하나로 붙지 못하면
어느 한쪽 상처나고 깨어지기 마련이다

삶과 죽음은 하나로 이어졌지만
흔들림 방법이 다른 진자가
만나 하나 되기가 쉬운 일인가
물방울 두 개가 하나 되고
종소리 두 개가 하나 되지만

어머니 머리와 물동이는 하나인 줄 알았다
그 사이
따배이가 충분히 제 역할하고 있었다는 걸
이제 알았다

----

* 따배야: '똬리'의 방언.

20

영혼에도 굽이 있어
세상과 바로 닿지 않도록
조금의 간격을 인정할 수 있으면
구름 따배이 하나 가지고 싶다.

엄마 나무

엄마도 울고 싶을 때가 있었을 것이다
그래서
엄마 나무가 소리 내어 울고 있는 것이
그날 보였나 보다
바람을 핑계 삼아 그렇게
들판이 떠나가도록 울고 있었던 것

영문도 모르고 따라 우는 아이가 있었다.

감나무 아래

감나무 아래 떨어져 울고 있었네
울고 있네, 팔뚝이 나뭇가지 같은 아이가
늙은 풀 교미 끝났다고 누워 있는
그 위에 떨어져 울고 있었네
떠나는 감나무 잎은 붉게 익어 울고
붉은 감이 붉은 눈물 흘리는 그 아래
서걱이는 소금 강물 흘리며 울고 있었네
울고 있었네
마른바람 끈적한 혓바닥으로 핥고 가는
아이는 배고파 울고 있었네
감 따러 갔다가 하늘에서 내려온 동아줄
줄 끊어져 울고 있었네

치매 깊은 아버지
어린 시절 감나무 찾아
그 아래 앉아 우시네
멍든 허벅지와 긁힌 팔뚝 이제야
아프다고 우시네
감나무가 늙었다고 우시네.

찔레꽃

별의 슬픔 품고 살겠네
달의 서늘함 안고 춤추네
하얀 꽃 잎사귀 하나
가지 흔들고 줄기 흔들고 뿌리 흔들고
나를 흔드네
노을 뿌린 길, 서쪽 하늘 흔드네

가시 단단해지기 전에
웃어도 슬픈 꽃
송아지 울음보다 허전한 꽃
향기에 숨막히는 봄 별빛 안고
붙잡을 엄마 치마
아! 없네.

작은 것 하나

대관령 구름 위에 바람이 앉아
지나가는 생각들을 살피고 있다
미끄러지는 돌의 걸음
땅을 푸르게 깔아 놓고 모자를 벗는다
말 많은 삶을 자랑하는 허무

바위의 삶에서 보면 나무의 삶은 가소롭고
나무 그늘 아래 인간이 누워 자랑에 바쁘다
그저 따라가는 길에 익숙한 무리

저기압으로 내려앉은 커피향이 부르는 저녁
시간은 붉은 분수를 뿜고
이생의 무거움을 다음 생에 지고 다녀야 한다면
나는 어떤 짐부터 버려야 할까?

마지막까지 가지고 있어야 할 것은 네 웃음
해가 보이지 않아도
아침은 가까이 와 있다.

그린다, 너를

보고 싶은 것만으로 죽을 수 있다
하늘이 푸른 것만으로 눈물이 나고
빵 냄새가 나도
빗방울이 떨어져도
빗방울이 떨어지지 않아도
네 목소리가 들린다
차에 타고서 둘러보고
골목 어귀에서 돌아본다
잘 살 수 있을 것이라 자신했는데
회오리는 점점 커져 영혼 삼키고
껍데기만 남긴다
삶은 죽음으로 가는 길목이지만
죽음 같은 삶의 길 위에서
너를 그린다.

노을 노래

인연은 어디서 오는 것인가
그냥 소매깃 스친다고 인연 될 수 없듯이
기찻길 옆자리 앉았다고 인연 아니다
긴 시간을 두고 같은 풍경 마주한 그대
눈빛에서 느끼는 느낌에 대해
손잡을 용기 있어야 이생에서 인연이다
구름 위 마주앉아 잔 나눌 그대
울음 터질 때 어깨 빌려줄 수 있고
혼자 식당 들어갈 때
전화하고 싶어도
바쁠 것 같아 참는 것이, 좋다

노래 흥얼거릴 때
옆에서 따라 부르는 그대가 편하다
오래 아껴 먹고 싶은 초록 과자 같은
네 어깨에 손 올리며
지는 가을을 함께 잡는다

내 가슴 물드는 노을 노래 부른다.

햇살 고운데

네 생각이 났어
짜지 않은 된장찌개에 밥 말아
허기진 하루를 때우고
상추에 싸서
쌈장만으로 넘기던 눈물
슬프지 않았어
멀리서 고기 굽는 냄새가
소리없이 날아와도
슬프진 않은데 눈물이 났어.

해바라기

흔들렸습니다, 그 눈빛 보는 순간
매처럼 멀리 보면서 토끼의
순진함 갖춘 눈빛으로
내 마음에 설렘 얹어
그대에게 사로잡혔습니다

흔들렸습니다, 그대의 목소리가
내 심장에 고여 터져 나가는 순간
나는 이미 그대의 것이었습니다

아무도 나를 유혹할 수 없습니다
풀잎에 바람이 흔들려도
뿌리는 굳건히 그 자리 지키는 것으로
마음을 표현합니다

언제든 그대가 돌아보기를 기다립니다
잎이 말라 가는 해바라기는
해 아래 서 있는 것이 즐거웠습니다
가을이 가고
겨울이 온다는 것
알고 있을지라도…….

여백에

네 눈빛이 백골 되어 뒹굴고
대퇴골마저 짐승의 뒷발에 차일 줄 알면서도
스스로 만든 그리움의 늪에
빠지길 주저하지 않네요
전생과 현생은 서로 엇갈렸지만
다음 생은 당신과 함께 사랑하며 보내겠어요
약속할게요
그때는 당신만을 위해 땀으로 밭을 적시고
내 웃음은 당신만을 위해 열겠어요
인연은 끊어도 끊어지지 않는 바닷물
살면서 한순간도 행복한 게 없는 걸 두려워해요
당신을 그려도 여백이 많이 남아서
별이 다 떨어질 때까지 그려요
그릴 거예요.

수선화

얼음 녹아 봄 오듯이
내 사랑은 당신 향해 녹아 가네요
사람이 변하는 것인 줄 진작 알았으면서도
나무 옷 갈아입는 소리 멀리 보며 신기해 했어요

네 입에서 나온 꽃이 붉고
푸름으로 빼곡하게 하늘 채우듯
애달픔으로 가득 차지 않은 사랑 없네요

수선화로 핀 그리움
오늘만 네 향기에 맡기기로 했어요, 날.

서산

모란이 다시 핀들 무슨 의미가 있을까
청춘은 이슬 꿈에 사라지고
인연의 깊음
안개로 살아나는 봄날
낡은 사랑의 말 솜사탕으로 시간에 녹고
미처 몰라본 눈빛에 연꽃 닫힌다
그냥 넘길 수 없는 서산이
목탁 소리 아래 숨으면
또 하나의 사랑이 가을로 진다.

비 오는 날의 낭만

늦가을을 적시네요
내가 그대를 잊었을까 봐
창을 두드리는 손길
참 어설프지만, 당신은
내게 있는 걸요
어떻게 당신을
가을바람에 내어놓겠어요
푸른 무지개 올려 손편지 써요
진짜 마음이 하는 말 보내요
이 비와 커피향 함께.

옛사랑

길을 가며
옛사랑 생각이 나서 한참 서 있었네
그래도 기억에 연락할 수 없네
이미 이만큼 강물 흘러와 버렸으니
별이 된 감정 연결할 수 없네
이제 와서 옛 생각에 젖는 건
익은 은행나무가 노을 햇불 드는 것이라네
나는 밤새 그 아래 서서
쓸쓸한 시 한 편 노래하네
끝내 네 기억 지울 수 없네.

감나무를 기억한다

솜털 뽀송한 어린잎을 딴다
그 어린 걸 몸에 좋다고
뜨거운 물 부어 마시는 일이 구차하다는
생각이 혈관을 타고 올라온다, 전두엽까지

감나무는 어린잎을 펼 때
연초록 손등으로 다른 길을 갈 줄
뿌리의 작은 떨림도 짐작하지 못했다

어린잎을 그렇게 보내고
한겨울 손등이 갈라져 피 흐르듯
감나무는 자신의 늑골에서 뒤꿈치까지
뼈 보일 만큼 갈라지는 금을 긋는다

감나무의 몸통이 트는 건
겨울보다 여름보다
봄에 더 심하다는 걸 알았다
감잎차 한잔에
감나무 십년의 나이테가 흐느낀다

오토바이로 다친 아들
얘기보다 눈물 더 많이 쏟고 가는 엄마
주걱뼈에서 골반뼈까지 굵은 금이 선명하다.

목련

돌고 돌아 다시 만나는 게
윤회의 삶이라지만
이번 생에서는
혼자 아파하며 사랑하겠습니다

이렇게 무지개처럼 멀리 스치는 것도
이전 생 쌓은 인연 두텁지 못함이기에
다음 생 만나면
너 잡은 손 결코 놓지 않겠습니다

봄날처럼 지나간 이름이여.

얼굴

봄이어서 한잔하고
꽃향기가 잔에 고이니 안 마실 수 없고
새잎 돋은 버드나무 푸르게 떨고 있는데
꽃잎 하얗게 쌓이는 머리로
기다리고 있는데……

마시고
마셔도 바뀌는 건 없고
잔에 어리는 희미한 얼굴
술병이 흐느끼고 있는데.

머피라는 이름

머피는 왜 늘 언제나 내 앞에 설까
내 앞 신호 대기하는 운전자는
뭔가 찾는 사람이고
마트에서 계산하는 사람은 초보 견습생
행운권 추첨은 내 번호 비켜 가고
소풍 가는 날은 비 오는 날
세차하면 이틀 뒤 비 오는 것은 당연하다
한껏 멋 낸 날은 강풍이 불고
기다리다 팔아 버린 주식은 그제야 상종 친다
남들이 쉬면 휴식이고 나는 게으름이 되는 것
잘못될 수 없는 수술이 잘못되는 것도 내 앞이다

나는 왜 늘 머피의 뒤에 서는 것일까
그래도 빨리 가지 않아 좋은 일도 있었겠지
이만큼 지켜 준 것도
머피 덕분이라고 생각하기로 했다
햇살이 하도 고와 네 생각이 났다.

2

노을 묻은 낙엽

기억 통조림

꽁치 통조림에서 꽁치들 다시 바다로 보내고
그 안에 달빛 가득 채워 봉한다
유효기간은 다시 오 년이다
바다에서 온갖 위협에 시달리던 꽁치
깡통 안에서는 안전하게 보호됐었다
다시 바다에서 토막 난 기억으로 살아야 했다
달빛 한 뼘 안 되는 길이로 잘라
원통형 깡통에 넣고 밀봉한다
잘 견디던 빛을 부패하게 하는 회색 낱말과
붉은 눈빛으로부터
오 년은 안전하다고 봉함엽서에 적는다
누구든 필요할 때 깡통 따면
무균상태의 달빛 만날 수 있다
보름달빛 초생달빛 그믐달빛을
우리는 구별해서 가질 수 있고
어쩌다가 낮에 나온 반달빛도 만날 수 있다

냄비에 털어 넣고 끓일 때
달빛 통조림뿐 아니라 별빛 통조림 함께 넣으면
더욱 상큼한 로맨틱을 맛볼 수 있다
그다지 비싸지 않은 걸 찾는다면

햇빛 통조림이나 비바람 통조림 선택해도 좋다
그 사이에서 죽은 척하는 것은
아침노을에 묻어 삭힌 웃음 통조림이다

달빛 통조림을 열어 놓고 소주잔을 비우면
잠든 나비가 반딧불이처럼 날아 나와
그대 얼굴 그린다
마음 깊이 숨어 있던 기억 통조림
따지도 못한 채 겨울로 간다.

별의 어깨에 손을 얹고

남들 보기 좋으라고 모자를 쓰는 것도 있다

은해사 마당에 빗자루 소리 긁는다 쓸려 나가는 낙엽과 잔돌이 웅얼거리며 성경 구절 낭독하는 권사님처럼 손끝으로 책을 읽는다 그러자 바람 한번으로 자리 옮기는 낙엽과 자리 지키는 잔돌들로 분리된다 천국과 지옥은 세숫대야에 비치는 달과 얼굴처럼 물 위에서도 그만큼의 거리를 유지하나 보다

모든 사라지는 것을 주머니에 넣고 우쭐한다 도서관에서 죽은 체하는 책을 열면 낱말 되지 못한 글자들이, 아니 오래전에 낱말이었던 글자들이 누런 이로 겨우 체면 유지하는 종이 뒤에 숨으려 뒤뚱거리고 마개 열어 놓은 곡차 병에서 앞다투어 나오는 반투명한 낱말들이 잠을 지배한다고 믿어도 오늘만큼은 별의 어깨에 손을 얹어 보기로 했다

작은 돌들은 자꾸만 나타나 마당 어지럽힌다

단어로, 불꽃으로, 소리로 올리는 소원의 잎들은 풀잎보다 얇게 흔들리다 사라지는 게 당연하다 유언을 떨어뜨리는 것과 감자를 캐는 것이 다르지 않으니 책 속에 굴러다니던 단어들은 모자를 사지 않았을 것이다 개울물 소리에 손을 씻으면 지문 틈에 끼어 있던 오래된 글자들이 씻겨 나간다 아버지의 아버지, 할아버지의 할아버지가 품었던 글자들 물 위로 떠내려가는, 이제는 내 것이 아닌 그것들을 읽는 순간 꽃이 되어 천둥소리를 낸다

남들 듣기 좋으라고 묵언수행 중이다.

중고 기억 판매

영혼보다 가벼운 눈물로
계절의 이정표를 세웠다
생각마당 자갈의 새끼발가락 간질이는 참새 소리는
믿는 도끼였다
믿어선 안 되는 도끼를
노래의 초입에 들여 밀어준 것이다
도자기와 낱말을 유리잔에 부어 마신다
중고 기억 판매한다는 광고 내고
햇살이 얼마나 오래된 것인지 돌아본다
낡아서 가치 있는 것은 없겠지만
익숙하여 편안하다는 말이다
사진 위에서도 그립다는 건 딱 그만큼이다, 열매 떨어지고
허리에 나이테 한 줄 굵어지는
많이 오래되어 건드릴 수 없으면 별이 된다는 말
믿는 오류 다시 범한다
낡은 기억에 지친 네 기억 사랑한다 말하기 두렵다.

겨울 골목 노래 흔든다

가을을 만지작거리다 손에 단풍물이 들었다 심장에서 올라오는 붉은 물, 임플란트하면서 토해 내는 불그스름한 냄새가 치밀어 올라 왼손을 점령한다 노랑 가을은 만져 주지 않는다고 저만치 가서 혼자 서 있다 노랑은 아무리 불러도 대답하지 않던 천사와 악마 중 한쪽일 거라는 확신 있어도 어느 쪽인지는 물어보지 못했다

교회에 가서 십자가 보면 매달리고 싶은 충동 느낀다 밝지 않지만 주머니 속 환히 들여다볼 것 같은 조명으로부터 애써 돌아서서 조그마한 지전 한 장 손끝 감각으로 꺼내어 헌금함에 넣는다, 마음 안정의 값이다 유년의 여학생이 그 앞 지키는 것 같아 섬짓함이 뒷머리로 올라온다 순간 아무도 눈치채지 못하게 아멘이라고 중얼거린다

크리스마스 붉은 별이 그 지붕 위에 떠 있다 천사는 만들지 않았다고 말한다 나는 한동안 그의 날개 찾아 등 쪽을 살폈지만 그는 눈이 오게 할 수도 없었다 온통 평화를 감기처럼 퍼트리는 교회에서 사람들은 기침으로 구원을 표현했다 십자가와 십자가에 매달린 사람을 구분해 설명하려고 젊은 전도사가 노란 얼굴에 붉은 덧칠한다

연탄 갈고 돌아서는 단칸방 독거노인 방문 틈으로 이산화황 냄새와 일산화탄소 꼬리가 따라 들어간다 하지만 금방 방문은 닫혀졌고 그렇게 하루는 교회 아닌 곳에서도 마감되고 있었다 평화도 고요했다

오른손의 붉은 물과 왼손의 노란 절망이 위에서 올라오는 중이다 차가운 창백함이 흥건히 풀어진 겨울 골목에 교회 종소리마저 얼어서 더욱 미끄럽게 하고 있었다 아무도 보지 못한 풍경이 그 겨울 안고 있었다.

그립지 않은 추억—바다

우리는 송진을 채취하듯 정치에 상처를 내서 진물 나오는 걸 받았다 바다가 구름의 형체를 만들기 위해 거칠게 치대는 바위로 살아가기는 쉬운 일이 아니었다 삶이 삶을 지배하고 점령당하는 혼돈의 질서

우리들의 불만은 고통마저 물소리보다, 풀 메뚜기 날개보다 하잘것없는 것으로 버려졌다 소리가 소리를 삼키는 바다, 흐르는 것은 배추밭을 지나가고 있었다

그립지 않은 추억이 보이지 않는 어디에서 노을로 진다 태어나고 자라는 것들의 세계에 머무르는 동안 조금은 비겁하고 더러는 아무렇게나 웃어 주기도 한다 어떤 일도 일어나지 않는 하루가 신선하게 고마운 날일 수 있다

바다 계단을 오르던 햇살이 돌아선다 눈부신 질문들은 해초 사이에 모여 반짝이지도 않는 가슴 풀어 노을에 널어 말린다

우리는 흰 빨래처럼 부서지는 물결 위에 금을 그어 나무를 심기로 했다 더러는 양배추를 심는 '나'도 있었다 햇살 고운 날 물물교환의 장터에 가서 우리의 그리움 몽땅 주고 갯바위에 부딪혀 상처 난 파도를 받았다 상처는 자신의 몸을 추스르지 못하고 자꾸만 큰 상처를 불렀다 파도는 내 품에서 길게 울다가 숨을 거두었다

아닌 것, 물과 불, 바람과 흙, 그리고 나무로 이루어지지 않은 것의 세계가 있다는 말을 비로소 인정한다

끊임없이 회의하는 너의 질문에 모두의 인내심이 지치고 소리들은 침묵의 벽에 부딪혀 바닥으로 떨어진다 날개 깃털이 빠지고⋯⋯

섬과 섬 사이 휘돌아 나가는 물결에 삐딱한 빗살무늬가 새겨지고 그리움의 페이지를 넘기면 시간 멈춘 아픔이 출렁이고 있었다

양배추 밭에서 뽑혀진 우산풀, 개망초가 어떻게든 살아 보려고 목고개를 든다 다른 씨앗으로 같이 살아갈 수 있다는 걸 받아들이지 못한다

경제에도 아니 경제학자라는 사람들의 밥상에 개똥풀을 올려놓기도 했지만 달라진 뉴스는 없었다

바람에 마비가 왔다 바다에서 하루가 내게로 왔다.

박씨 시계방

오후 햇살이 양껏 들어오는 유리문
얼룩진 흰 비닐 부쳐 막았다
낡은 주인은 달력 넘기며 기억 접는다
진열장 안의 손목시계와 금붙이는
서로 다른 가치로 토라지고
벽시계들은 산골 비탈밭 만한 공간을
달력에 내어 준 채 벽을 흔든다
하나같이 나이는 먹을만큼 먹었나 보다
시간의 언덕 한쪽은 이미 무너져 있고
나머지 한쪽도 위험하다는 신호 보낸다
관심 없는 고삐로 가끔 시간 주름 조여 주면
타클라마칸사막 건너오던 낙타 걸음에 맞추던
기억을 떠올리곤 한다

습관적으로 들어온 햇살 쌓인 먼지
강물을 멈출 수 있다고 한다
가고는 있지만 가지 않고
모여 있는 것과 해 아래 퇴색해도
낡아지지 않는 것들이 돌아간다

구름이 무너지고 있다
잡을 수 없는 네 사랑을 풀기로 했다
박씨 시계방에 시간은 투명해지고
시간에 걸려 뒤뚱거리는 옛사랑이 질식한다.

다육이 꽃을 만났을 때

악마의 유혹을 앞에 두고 고민한다
안데스산맥 바위틈에 기억 끼운 채
날개 큰 새 울음 받아 가슴 열던 꽃
구름의 두께를 짐작하는 건 쉬운 일이다
지평선과 수평선 너머 사람 산다고
생각할 수 없는 영혼의 고단한 입술

바위로만 이루어진 사막
이슬이 모여 이루는 적막한 강
배경은 맑고 푸르다, 바람의 변두리에서
풍화하는 누군가의 대퇴부 뼈가
저들 나름의 골목길에 들어선다

라마의 종소리를 듣고 핀 꽃
수술 흔들릴 때 모래바람 뒤태 비치고
큰 바위 동쪽 섬에 나란히 선 무릎
전설의 무게로 길을 잃었다

창틀에서 내려보는 도도한 여인
머리핀보다 반짝이는 눈길로 유혹한다
잉카의 제사장도 빠져나오지 못한 바위틈
스스로 걸어 들어가면
인간이 나눠 놓은 경계보다 훨씬 큰 그림에
내 눈이 무겁다.

화장실에서 생각의 지퍼를 내리다

누이보다 나은 게 하나도 없었다
가을 묻은 물방울 마지막으로 털며
나에게 주어진 사명이 무엇인지
내가 마무리 짓고 떠나야 하는 게 무엇인지
돌아본다
이미 한 가지 기능 상실한 친구들
지퍼 올리기가 겁난다고 한다

아버지로부터 물려받은 유산
죽음으로도 벗지 못할 빚이다
플라타너스 잎으로 잎맥 표본을 만들어
공룡박물관 입구의 티라노사우르스 뼈대처럼 펼치면
나의 숙제는 검사받을 수 있을까
발바닥으로 빠져나오는 오물덩어리
박물관 바닥에 흥건하다

어제 넘어진 자리에 다시 넘어지고
앞사람 부딪힌 처마에 나도 부딪친다
미국 잡지의 얇고 반짝이는 종이가
붕어빵 봉지로 접혀져 골목길에 이리저리 날리고
그 위 여자 몸뚱이 사진이 젖어 있다
나가야 하는 문이 지워지는 기억
아버지와 함께 묻었던 유전자가
송아지 뿔처럼 돋아나온다.

카페에서

우리는 날카로운 손톱으로 카페에 앉았다
서로의 기관지 사이로 빠져나오는 수다에
혼미해지면서 화장기 짙은 이면을 짐작한다
이윽고 창에 그려진 풍경 흐릿하게 하는
커피향이 수건을 풀고 있었다
적당한 쟁반에 나온 대여섯 개 귤이 눈 뜨고
주변 소리 방울방울 저장하고 있었다

나는 손톱의 날 숨기며 하나 집었다
귤은 강아지처럼 꼬리치며 안겼다
손에 한번 둥그렇게 말아서 애정 표시하고
손톱의 날 세워서 사정없이 껍질 벗겼다
속았다는 녀석의 아우성 분수처럼 솟아오르고
껍질이 깨어지면서 터져 나가는 오만이 상큼했다
나는 그제야 손톱의 날 숨기고 속살 나누어
어둡고 음흉한 목구멍으로 집어넣었다
속살은 다시 속껍질 속에 숨어 있었다
질긴 이빨은 이제 자신의 일 충분히 알고 있었다
풍선이나 무지개 송편처럼 터지는 속살에
잠시 놀란다

그러고 보니 그녀는
껍질로 이루어진 자존심이었다
인간이 지키던 자존심 깨어지고 나니
나머지는 모두 물이었다
흐르지 않고 모인 물덩어리가 귤의 실체이듯
낙엽 태우는 연기는 누구의 영혼인가
의자 깊숙이 웅크리고 앉아 안단테에 잠긴다
아직 터지지 않은 알맹이 지켜야 했다.

기울어진 바위에게 묻다

젖은 땅을 밟고
생명의 흰 기운 모공으로 내보낸다
좋아하는 색으로 그린 삶이 아니더라도
최악의 색이 아니면 그냥 넘어가자고 말한다

허벅지 살 베어 비둘기 살린 것은 아침노을이다
우둔하게 살고 늦게 가는 선택 주저할 때
고장 잦아질 시간 되었다는 걸 인정한다
빠르게 달리지 말고 쉽게 눕지 말아야지

물결 되어 돌아온 목탁 소리
시간에서 지금 눈빛 사라져도 큰 흐름 함께한다
타협할 줄 모르는 용기는 개도 가진 것이다
새가 날아 바위가 되고
나무가 앉아 구름 든다
그 아래 있는 것이 무엇이고
무엇을 이루려고 하는지
정말 그리움의 샘 가지고 있는지
돌아보기가 두렵다
깃털 하나 바위에 떨어지는 것으로
비 오는 날이 된다.

말 못할 사연

방귀 소리에 내용물 함께하는 걸
느낀 적 있나?
당황스러웠겠다
약간의 공기와 뒤따르는 이물감의
악마적인 미소를 말이다

삶의 자국에 예기치 않던 구름이
회오리치던 때
너무 덥지 않은가
푸른 것으로 살고 싶어도
주위에 불꽃 넘실대는 걸 감당할 수 있겠나

갑자기 닥친 굴욕감
자신의 내부에서 일어난 배신감
괄약근이 나의 통제에서 벗어나 풀썩이고
밀려오는 현학은 주체할 수 없었다
진실한 삶은 그림 속에만 있고
독특한 향으로 존재감을 알리는 풀잎과 풀잎

소리는 기다림을 낚아내지 못한 채
치욕으로 흔들린다
누구에게도 말할 수 없는 사연이다.

자존심 흐르는 나무

손가락만한 아이가 라일락 세 송이를
책상 위에 얹고 돌아서며 피식 웃는다
저 꽃을 따기 위해 자기도 모르게
쭉 뻗었을 팔과 그리움의 근육을 생각한다
꽃송이의 자존심에 향기가 묻어 흐른다

나무는 손을 피하려 몸을 흔들었으리라
서로 가지끼리 닿지 않도록 나눠 가진 하늘
숨결 함께 유지하는 공간, 공변세포 사이에
바람 빠져나갈 틈새를 비워 두고 있었다
사랑과 숨길 나눌 수 있기에 살아가는가 보다
나무는 뿌리에 붙잡혀 있다

몸속 나이테는 들여다볼 수 없는 것이 전부다
마감 날이 가까워 올수록 스스로
속을 썩여 푸석하게 마무리한다
살아서 등허리 지나는 전기톱에 소스라칠 때
쓰러지며 큰소리 뱉으면서도
물관 채관을 팽개칠 수는 없었던 모양이다

손톱만한 꽃 세 송이를 잃는 것도
손톱이 뽑히는 아픔이라는 것을 안다
세 송이 라일락이 책상 위에 앉아
채 굳지 않은 물관 부분을 숨기려 애쓴다

나무의 아픔을 무시하고 살아온 게 사실이다.

섬과 바람과 깨어진 조각

섬은 바람 아래 놓여 있었다
꽃치마 아래 다리 꼬고 앉아
파도의 부름 모른 척하고는
괭이갈매기 소리의 틈 비집고 들어가 소매 잡는다

없는 것이다
끊임없이 걸어도 아득함 남아
바닷가 자갈로 말라 가고
네가 있는 그만큼의 아찔함이
별빛 거리보다 지쳤다

모든 출렁이는 것은 네게 속한다
계절의 한 조각이 자신만의 표정으로
흔적 찍으려 하기도 전에
섬은 흘러가 버린 것이다

모자 아래 살구꽃이 다시 벙글어
찬란해도 밍밍한 봄이 있다
아무런 느낌 없이
그렇게 지나가길 기다리는 해가 있다.

새

폐차장에 바람이 앉아 졸고 있다
자꾸 비워져 가는 뇌에 차오르는 고요와 적막
더 이상 바퀴 굴릴 수 없는 처참함이
모여 군데군데 풀들을 키워 올린다

쓸 만한 장기는 다 기증하고
아들 손자 찾아오지 않는 요양병원
껌딱지로 붙여져 잊혀진 김노인
오래 묵은 기억만 살아나는 병
풀씨 자리잡는 모양 보며, 진다

말 없는 차들이 서로 업고 업히고
무심히 보는 눈길도 힘없다
혈관 찾기 힘든 낡은 차들
누굴 태우고 다녔는지는 잊은 지 오래
찌그러져 용광로 들어갈 일만 남아
그 위로
부리 뾰족한 새가 한 마리 솟아오른다.

소주잔 안아 보기

속없이 속 다 보여 준다
맑은 생각 담으려 쓰게 웃는다
쓰린 하루의 끝 풀어내는 소리
앞에 앉아 입 벌린다
삼겹살 불 먹는 소리에
구름이 지나가다 기웃거린다
뒤로 단풍 붉어지는 산이 비치고
소중한 감정에 노을이 고인다

소화되지 못한 말들 토한다
조용함 담아도 시끄러워지는 삶의 울타리
감싸쥐는 따스함을 느끼는 순간 하늘 된다
나무 안아도
뿌리의 진흙 보여 주는 진실의 샘이다
생명이 고이는 순간
네 심장의 피는 구름 된다
매끈한 피부 속에 날카로움 숨긴 채
스스로 고귀해지는 자세 알고 있다
마음 상처에 구절초 한 송이 선물한다
네 속에 유영하는 고뇌의 푸른 꼬리가
스스로 발광하기 시작한다
아무도 보여 주지 않는 속
다 보여 주고도 당당하다.

쓰레기통에 말 걸다

샘을 품고 뜨거울 때 있었다
처녀성 유린당하고부터 버려지기 시작했다
늘 하늘은 무지개 노래를 올려
계절과 계절 연결하고
목숨 끝난 것 받아들이는 가슴에
십자가 건다

사과나무에 소보루 빵 열리는 오후
구멍 난 양말의 소중함 혼자 간직한다
넉넉한 가슴은 어머니의 부엌이다
목까지 찬 낱말 한꺼번에 뱉으며
손등에 주름 하나 더했다

흔한 매니큐어 한번 바르지 못한 손
살아 보려 발버둥친 흔적이 남아
남들에게 외면받았나 보다

오동나무가 옷장이 되고 결국 삐걱거리다
불길 속에서 본질의 세계로 돌아가도
삶은 돌고 돌아 제자리에 온다는데
그때 난 쓰레기통으로 선
엄마를 알아차릴 수 있을까?

늑대거미

아침 이슬 주렁주렁 매달리는 집 한 채
가지지 못한 늑대거미
집 지을 줄 모른 채 자그마한 그물 들고
무당벌레나 노린재 만나면 던질 뿐이다

그날 밤 아버지 왜 울었는지 아직도 모른다
달빛 가득한 장독대 옆 감나무 짚고
바람 부는 날의 종소리처럼 오래 울렸었다
나뭇잎은 잠들지 못한 채
초식동물의 근육 긴장시키고 소리 죽여 멈췄다
아무도 자신의 부장품에 대해 관심 없을 때였다

봄부터 사용한 엽록체는 광합성에 지쳐 낡아 있고
시간 그림자 부근에 숨겨 둔 소리 끄집어내어
선반 위 구름 뒤에 앉혀 놓았다
거친 하루가 자꾸 배신하는 날을 아버지는
체념하고 살아가는 줄 알았다
낯선 사람 서너 명 외삼촌과 함께 다녀가고
물결무늬 잎맥 떨림은 공간을 지배하는데
의식과 반의식이 서로 다투는 일이 잦은 그림 안
소리 속 소리나지 않는 긴장이 쭈뼛쭈뼛 따라왔다

지금까지 속아 살아온 날이 깨어나는 게 두렵다
허구인 날을 걸어왔던 것
질경이 풀이 가끔 내리는 빗방울에 고마워하며
잎 끝에서부터 말라 들어와도 버티고 있었다
물길 막은 손의 형상이 뉴스에 나와도
믿기 어려웠다 작은 보상금으로 넘어간 과수원
늑대 거미는 집이 없다고 작은 그물 엮어 다니며
보이는 것 모두 포획하려 던졌지만
미미한 추억으로 연명하고 있을 뿐이었다.

막다른 골목을 뚫다

북어 한 쾌에서 빠져나온 한 마리가
목덜미 뚫린 구멍으로 허공 거닐고 있다
바닷속 해초와 바위틈 지나며
무척 답답했나 보다
돌고래나 아귀의 공격 피해 다니다
저도 막다른 골목에 도달했다는 걸 감지했나 보다
어부가 내린 그물이라는 걸 뻔히 알면서
그쪽으로 지느러미 저은 건
삶과 죽음이 서로 이어진 매듭이라는 걸
알고 있었을 것이다

삶의 구차함 느끼는 옆줄 있는 게 인간보다 낫다
북어 한 마리 입 벌리고 소리를 참는 건
말하지 않아도 알아들을 것이라는 믿음
눈에 허연 막을 덮고도
등뒤 서쪽 먼 곳을 바라보는 건
눈 가지고 길을 보지 못하는, 어둡지 않아도
비틀거리는 나에 대한 배려

퍼석이는 살점의 허무함 펴고
은행나무 위 지난다
등뼈는 아직 곧추서 있다는 말이다
방향 바꾸는 사람이 너무 많다는 말이다.

노을 묻은 낙엽

바다의 문 열고 들어서면
양옆 키높이 진열대에
내가 좋아할 만한 것 펼쳐 놓고
유혹한다
오른쪽 진열대는 유년의 골목
구슬놀이와 비석치기, 왼쪽 키높이에는
초등학교 오학년 때 옆짝 소녀의
맑은 웃음소리와 찰랑이던 단발머리
그다음 진열대에 널려 있는 건 가끔
꿈에 등장하는, 돌아서 떠나가는 흐릿한 형체
뒷모습과
추락과 단절 그리고 위험한 걸음
침묵과 절망, 그리고 죽음이 그려진
주사위가
푸른 눈을 뜨고 노려보고 있다
저쪽 벽에 그녀가 슬픈 노래에 젖어 있었다

나는 그녀의 손을 잡고 계산대로 와서
샛노란 은행잎 두 장 내밀었다
내 사랑은
노을 묻은 낙엽으로 계산해야만 했다.

단풍

사막에서 출발한 바람을 알고 있다
뜨거운 숨결 아래 주검 말리는 곳
오직 홀로 일어서는 회오리바람을 안다는 말이다
상승기류 가슴에 품고 웅크리고 있기 쉽지 않았으리라
모래가 빠지지직 뜨거워서 온몸 비틀기까지 기다렸다
일어선다, 검은 바위 주위에 하얀 실핏줄이 버석거리며
누워도 좋다고 유혹했을지라도

떠나지 못하도록 붙잡고 있는 인연의 구름 돌아본다
시간 틈새 지나면서 먼지로 사라질 것이
물을 머금고 풍선처럼 부풀어 있다
바람 타고 오르는 것은 바람 꺼지면 가라앉고
인연 핑계로 걸리는 관계도
시간 모래 다 떨어지면 풀어진다
사라지는 것이 사라지길 바라면서
또한 사라지지 않길 바라는 생각이다

뼛속을 투명하게 비우고
휘발성 액체와 기체로 채운다
가을 깊숙한 곳으로 걸어 들어가면서
떠나지 못하는 나에게 불씨를 던진다
돌아보면 '화악' 하고 불길이 올라올 것이다
너를 향한 불꽃이다.

살구꽃 환상

살구꽃잎 날려서 나는 아직 살아 있구나

본질의 존재는 어디에 있는가
사고를 중지시키는 섬광
은유가 자유로울 수 있다

소외된 자끼리 나름의 고통 들고
모여 꽃소리 낸다
공변세포도 물 이루는 한 구성원이지만
그들 세계에서는 소외되어져 있다

결국 빈 공간으로 앉아 있었다
없는 것 속에 있는 것으로 있으면
없는 존재가 된다
현상으로 지나가는 나를 두고
현상 아닌 것 찾는 그림이 허무하다
누구의 탓도 아닌 비가 오고
모두 떠나는 것이라는 사실이
살아 있는 것 찾는다
빈손에 쥐는 것 허무하단 걸 알까?

가을 얼굴

가을 햇살이 내 어깨에 걸터앉는다
손편지를 썼다가 부치지 못한 채
부질없다 생각했다
어제의 걸음과 다르지 않은
그런 목소리로 오늘을 보낸다
그러면서 여름과 겨울이 가고
그대 눈빛 점점 차가와진다

하루와 하루가 겹쳐져서
한 생이 끝나는 것을
한 사람과 또 한 사람이 겹쳐져서
눈물강이 되는 것을……

그대 얼굴 멀리 비친다.

3

꽃 지면서 사랑도 데려갔다

고맙더라

햇살 아름답다고 느끼기 쉽지 않더라
매일 아침 눈 뜨는 것이 지겹더라

큰 고비 한번 넘기고
새 삶 살게 되었을 때 알게 되더라
나팔꽃이 고맙고 산들바람, 가로등과
흙이 발아래 버텨 주는 게 더 고맙더라
속 쓰려 찡그린 얼굴조차 신나는 일이더라

중요한 걸 하찮게 여기며 왔지 않은가
쓸데없는 것에 목숨 걸며 살지 않았는가?
보잘것없이 생각하며 밟는 이 자리가
내 몸 덮을 이불 될 것이라는 걸.

하루

바다가 주먹 말아 쥐고 바위 때린다
내 가슴이다
하늘이 큰 바위 들고 나무 때린다
내 가슴이다

그냥 서 있기도 힘든데
바다가 때리고
하늘이 때리는 삶
하루하루 넘기기 참으로 힘겹다
그래도 건딘다
네가 있어서…….

텃밭에서

콩을 심는다
그냥 작은 구덩이 호미로 파서
작년 수확한 콩알 두엇 넣고 흙 덮으면 그만
이제 콩은 하늘과 흙과 별의 몫이다

어린 콩잎은 고개 드는 순간
별을 품는다
가끔 벌레가 입술 내밀면
한쪽 뺨 내어 줄 순 있어도
별빛 모은 심장은 보듬으며 지킨다

콩을 키우는 것이 농부 아니듯
아들 키우는 것이 바람이라는 것
깨닫기까지
마음 비우기 쉽지 않았다
자신의 길 푸르게 가도록
나뭇잎처럼 뒤에서 손 흔들 뿐이다

콩이 콩으로 자라는 것은 콩의 일
스스로 삶과 열매에 까지
관여하는 것은 신도 아니다
기도로 염원을 보낼 일이다.

별의 씨앗을 뿌리다

창가에 앉으면 네가 보인다
꽃이 진다고
너를 보낸 건 아니다

가슴 아리는 기다림의 시간에
나는 점점 투명해진다

삶은 하루하루가 외로운 것
네 마음 지키기가 참 힘겹다
사랑해서 행복하다는
꽃을 알고 있다
은행나무도, 구름꽃도, 콩나무도
너를 기다리는 줄에 합류한다
그리움의 왼쪽 가슴에 떨어진
별의 씨가 싹 틔운 게
이제 보인다 써늘하다.

연꽃

한 잎으로 세계를 이루었다
나를 버려야 만날 수 있는 꽃
자세히 보면
눈앞에서 형체가 투명하게 사라지고
눈 감으면 그 속에 내가 있다
들어가려고 애쓰면 밀어내고
돌아서면 비로소 나를 품어 주는 꽃
그대여!

붉은 담장

바람은 아무것도 남기지 않았다
물도 그냥 지나갈 뿐
인간으로 태어난 순간 시간 받고
길을 받는다
그것조차 온전히 나의 것이 아닐진데
이름 남길 생각에 빠져 있다

빗방울로 떨어져 두충나무 뿌리에 잡혀
물관 타고 오르는 숨결
기공으로 산화하여 하늘로 오른다
구름처럼 지나가 버리면······
맑은 하늘만 남는 사람이 되고 싶은데
다 버린 욕심이 찬란하다

빈 하늘 구름 지나가듯
마음 비우고 생각 비우는 어려운 일
시작한다

접시꽃 소근소근 그려진 담장에
그리움 붉게 심고 간다.

시작이라는 말

시를 통해 꽃이 된 여자
손가락을 가볍게 깨물면서 약속한다
진실은 모든 현상에 있지만 또 그것은 허상일 뿐
생명의 주기 알게 된 순간 번개가 산 너머 지나간다
침묵이 입 열면 달콤한 소리 난다, 어쩌면 침몰의 구름 착각
한 것일 수도 있다
달빛과 별빛이 포도넝쿨 위에서 몸 섞는 순간
시든 꽃이 내 이름 부르는 손길에 반응한다
날개 접은 시 소중히 닦아
손톱 안 반달에 새기는 사람의 어깨 필요하다

관능과의 만남은 강렬하다고 인정한 순간
내 불꽃 일어나 생각 태우고 그 위에 선다
부서져 내리는 욕망 물결은
위험하다 소리 지르고 술 마신다
금단의 땅에서 끌어올린 사랑 속으로의 비상 꿈꾸는 시인
그의 시는 자유의 옷 입었다

이름만 가지면 다 될 줄 알았지만
그것은 시작에 불과했다.

시간의 낡은 노출을 걱정했네

네 브레지어 호크를 푸는 손이 내가 아닐 수 있다는 말에 절망했어

인중과 귓불을 베란다에 걸쳐 말리고 있다가 갑자기 소름에 반응하는 건 유두만이 아니었을 거야 가을과 겨울이 한꺼번에 지나가는 풀밭에 재물복이 풀려 있다고 했어 피니시까지 스윙하라는 말을 들었지만 바닐라 우유는 소리 날 때까지 흡입해야 했어

인공강우

를 위해 비행기를 날렸어 비단벌레에서 추출한 향으로 아이스크림을 주무를 수 있었어 벤자민은 무슨 말을 하고 싶었기에 망설였을까

막는다고 생각한 행위와
지나간 낡은 노출은 그립지도 않았어
아픈 어깨 보관하는데 까투리 깃을 꽂았어
흙으로 만든 것이 말랑해도
딱딱해질 수 있을 거라고 믿었지만
눈앞에서 아이스크림은 시계 바퀴로 날아갔어
옥상의 정원
그보다 더 높이 날아간 건
바람 든 바위였어
남은 목숨을 걱정할 때가 아니란 말이야.

당당하게

언젠가 충분히 슬퍼할 날이 있을 것이다
그날 슬퍼하기로 하고
지금은 하늘 한번 보면 그뿐
아픔의 산 넘어온 자 만이
지금 아픈 상처 어루만질 수 있다

불편한 진실이 신비로운 소리내는 바이올린
운명의 꽃은 어디에서나 피고
누구에게나 노래 바친다
육신 마치고 영혼으로 돌아가는 길
함께하고 싶은 그대
때로 비겁하고 구차했던 걸음
하지만
단 한 송이 앞에서는 당당하고 싶었다

별이 손 내밀어 영혼 잡아 주는 날
옷깃 세우고 발끝 흥얼거린다
음악이 깊어지는 건
활시위의 팽팽함 넘어선 사랑 때문이다
손잡아야지 하면서도
참는 걸 즐기고 있는지도 모른다.

설렘에 대하여

인연은 어디서 오는 것인가
그냥 소매깃 스친다고 인연이 될 수 없듯이
버스 옆자리 앉았다고 인연 아니다
긴 시간 두고 같은 풍경 마주한 그대
눈빛에서 느끼는 느낌
손잡을 용기 있어야 이생에서 인연 잡을 수 있다
마주앉아 잔 나눌 그대
울음 터질 때 어깨 빌려줄 수 있고
혼자 식당에 들어갈 때
전화하고 싶어도
바쁠 것 같아 참는다

노래 흥얼거릴 때
옆에서 따라 부르는 그대가 편하다
오래 아껴 먹고 싶은 초록 과자 같은 네 어깨에 손을 올리며
지는 가을을 함께 본다

내 가슴 물드는 노을에 설렌다.

검은 얼룩

찬물 한잔 넘기는 소리에
담 넘어가던 능소화 뒤돌아본다
내가 부른 건 아닌데
'후두둑' 발 앞에 주황 입술 찍고 돌아선다

종아리 부근을 지키던 참나리
오히려 날렵하게 바람 피한다
참 외워지지 않는 이름 능소화
능소화 능소화
몇 번을 불러 봐도 외로워지지 않는다
도시 소녀의 소풍길 마냥 낯설다
여름 오후 뙤은 햇살 지친 담장에
골고루 노을 눈길 받아 그리고 선
기계 소리 힘들어 창문 내다볼 때
쉽지 않은 이름 쉽게 부르며 지나간다

대서 지나고 중복의 허리춤에 달린 더위
가슴골 흐르는 강물 멈추지 못하고
작업복에 번지는 짠 얼룩 싸락눈으로 빛난다
능소화 그늘에 눈물 떨어질 때가 있다.

섬은

섬은 깨어진 도자기처럼
나뭇잎 서로
몸 부비며 몸 부비며
서 있는 것이다

흥얼거림이 꽃이 되어
용암 끓어 떨어지는 바다에 핀다
화산재에 묻힌 네게 가는 길이기에
하늘 살아내는 일이다

휘돌아 흐르는 바다가
자갈 하나씩 갉아 내어 꽃돌이 되는 시늉
생각이 하나씩 번져 간다

섬은 그리움과 죽음의 교차점
푸른 발등을 씻는 것으로 이쪽 편이다.

봄비, 살구꽃

빗속에 핀 꽃
향기 닿는 곳까지
마음이 간다

내 생각 가는 풀밭
끝에 있는 그대
단 하나 별로 빛난다
젖어서 더 화안한
살구꽃이여.

비에 젖어

비 오는 날만 젖습니다
비 많이 오는 날은 많이 젖습니다
당신이라는 비에 이미 젖은 나
언제 마를 수 있을까요?

노을의 시

모래시계 돌려놓고 가을로 들어선다
그림자 걸음도 모래 떨어지는 것
더 이상 남지 않은 사랑의 햇살
당연한 것이 희망인 사람일 때
낙엽 떨어지는 서쪽 산 아픈 걸 알았다

바닷바람이 느껴지는 여자가 왔다
늘 새로운 해 떠오르지만
영원한 게 없다는 것 알아버렸다
절대로 잊을 수 없는 향기를 품은 서쪽에게
가을 풀잎에 내 생각 적었는지 확인하고 싶었지만
우화가 두려워 나무 뒤에 숨었다

아물어 가는 상처가 붉은 하늘 올린다.

노을 한 잔

가을 하늘 달보다 확실하다 믿었는데
귀 아프고 이 시리기도 한 날 지나고
마음 닫기로 했다
사람에게 다친 상처 아주
천천히 아물고
산다는 의미 공허한
수많은 날 푸르기만 할 뿐

품안에 키우던 새
다 날려 버리고 돌아왔다
눈물로 사랑한다던 붉은 말은
날개 접고 가을 돌담 옆에 앉는다
지금까지 기다려 온 너
포기할 수 없도록
아파도
이제는 어떻게 노을 마셔야 할지 알게 되었다
앞에 앉은 네가 너무 그립다.

허상 만드는 것도 허상이다

해 아래 변하지 않는 것이 없다고 하지만
그래도 천년수 뿌리 흔들리지 않는데
흐르는 개울물 결국 다시 돌아옴을 믿었는데
솔잎향 몰고 떠난 바람마저
갯내음에 절어 지친 걸음으로 돌아오는 우울
삶의 또 다른 길
가기 위한 신호가 비둘기 똥처럼 떨어지는 오후
울기도 하고 노래하기도 한다
구름의 소멸 물속에 있고
육신 벗으면 생각 안에 그대 있다
다리 건너기도 해야 하는 일상
아닌 것 받아들이기 힘들었다
나무는 햇살에서 벗어날 수 없었다
지친 영혼은 지붕 되기 위해
계절의 옆구리 어림 돌고 돌지만
나무 만드는 것은 그가 아니었다

오랜 시간 함께해도
생각 속 그대와 현실 그대는 다른 기둥이었다
나 또한
바람에 녹는 나와 불똥 속에 사라지는 연기로

새겨진다는 사실 인정하고
끈 풀기로 했다

사랑은 거울에 비치는 나의 환상
언제나 저만큼 서 있다.

담쟁이

흔들리는 것이 고개 숙인다
꽃잎 하나 뜯으며
사랑을 잡을 수 있다고 생각했던
시절이 가고
저도 앞바다 네 손을 잡고
이정표 옆을 지난다
후회의 시간 한 자락 흔들며
변하지 않는 운명을 인정한다
담을 내려오는 담쟁이도 있다고……
낡은 그리움은 아직
붉은 하늘에 머물러 있는데.

간다

사랑의 비 그치고, 살구꽃
그렇게 꽃잎 날리고
바람 변하는 것 보이는데
봄날 하루가 나폴나폴 떠난다
연분홍 햇살 흔들리는데
잠시 다녀온다던 약속의 배
심장 녹도록 오지 않는데
연지 흔적 번진 꽃잎도 가고
맥 놓고 보내는 하루가 또 저만큼
간다.

사막화 되고

소실점에 서면
소금만 남은 호수에 생명이 있는 게 보인다
사막을 건너온 건조함이 발등에 묻어
푸석함은 화석이 되는 과정이다
간헐천으로 치솟는 힘은 시간여행 떠나고
격렬한 모래폭풍 습격에 감정마저 마른다
생명의 굶주림은 견디기 힘든 현상
기다림은 곧 끝난다고 새들이 말한다
과일박쥐가 배 채우러 떠나는 붉은 저녁
사막의 초원이 처음부터 목마르진 않았으리라
그래도 습기 가득한 바람 냄새가 등뒤에 있다
눈물이 짜다는 건 변하지 않지만
소실점에 네가 있다는 것조차 신기루다.

우연히

해가 지는 걸 같이 보려 했어
우연히 만난 하늘의 그림
숨이 멎는 걸 느끼지도 못하고
그저 멍했어
아무런 생각도 하지 못한 채
그냥 네가 곁에 있었으면 좋겠다고 생각했어
네게 이 그림을 보여 주고 싶었어
마음이 달려가는 동안 다음 그림으로 넘어가고
난 가슴 한편을 푸른 눈물로 채웠어
사랑이 별이 될 수 있다는 걸
그제야 알았어.

징검다리도 아프다

연극의 막이 내리고
돌아가야 하는 시간의 끝에 섰다
삶의 틈새에 비틀거린 흔적이
저쪽 그리움에게 손을 내민다
네 얼룩 번진 하루하루가
징검다리 건너기 두려워 손 잡는다
멀리 혹은 가까이 푸른 목소리가 젖어 있다
아쉽지 않은 죽음일지라도
달팽이 더듬이로 길 찾는다

슬픔의 가치를 눈금에 올리려다 망설인다
거의 깨어 있던 벚꽃이 보는 눈길
강물이 안개에게 데려다 주었다
반쯤 취한 술로 꽃길 걸으면
네 고무신에 꽃향기 어린다
웃는 꽃이 시 읽는다
아픔이 철석 바위를 때리는 순간
내 심장이 아프다는 말, 하고 싶었다.

냉이꽃

봄이 몸 부벼 오는 것 감당하기 어려웠다
누렁이 복 세 개 피하듯
나물 캐는 아낙 따돌리고 핀 구름꽃
서야 할 곳에 톱니 펴면
기억할 만한 봄 될 거야
샘에서 꽃과 사랑 솟아나온다는 작은 지식
거울 앞에 선 황톳빛 얼굴보다 부끄러웠다

꽃 지면서 사랑도 데려갔다
이름 없는 것 제외했던 건방진 어깨
그림자만 남아 흔들렸다.

편지

감나무 잎맥 타고 흐르는 유년의 기억
밤새 모양 좋은 패를 내밀어 보지 못한, 햇살이
쭈그리고 서서 오줌 누는 눈부심
지나간 삶 그렇게 방뇨하는 기억의 강
봄의 강과 연결하는 순간이다

강물에 닿는 순간 오줌은 형체 잃고
구겨진 바지의 주름 주위에 엉킨다
하루가 그렇게 가는 말의 잔치에
신선할 것 없는 송사리, 고무신 피한다
강바닥 자갈의 이갈림과 돌아누움에
퀭한 눈 맞추지 못하고 떠나면서
방향 모르는 두리번거림에 서 있다

너에게 손편지 쓴다, 아침이면 이슬이 될
어떤 일이 있어도 읽혀지지 않을 편지
꽃잎 벌어지는 소리에 귀 기울이다
밤을 새웠다.

내일이라는 말

내 그리움이 네게 가는 날갯소리 들리면
편도표 끊었다가 너무 깊이 들어간다고 겁이 났다
낯선 곳으로 가는 신비로움과 무섬증
네 마음에 닿으면 거기
연극 무대의 막은 내려오기 마련이다
마지막 장면 고민하는 얼굴
마음 표현하는 구름이었나 보다
비밀 잠그는 일에 관여할 때도
지옥에 갈 수 있는 사랑을 자랑하던 시절이 부끄러워
고개 숙이고 숨 헐떡이며 절망 뒤집어쓰다.

겨울 지나 겨울

모든 게 허상이다
주먹 쥐면 그 안 비어 있어도
손 펴면 모든 것 잡을 수 있다고 말하지만
흐르는 것 앞에 내가 멈출 수 있는 것 없었다

많이 가지면 가진 만큼 고민도 는다지만
고민 때문에 고통받을 정도로 가져 보고 싶어도
언제나 모자라는 빈손이다
찬바람에 울부짖는 남들에게 나누고 싶은
맘은 없단다, 고민에 머리 터져도
그래도 기적은 일어나지 않았다

죽음은 일종의 해탈
영혼은 무간지옥에 빠져 꺼지지 않는 불에 타도
마땅하다
"더 이상 나를 위해 기도를 허비하지 마세요." 라는 말로
다음 겨울도 버틸 것이다.

4

경계의 유리 조각

경계의 유리 조각

태양이 소멸할 때까지 사랑의 불을 켜기로 했다
사랑이 거닐던 평원을 다시 찾아
시간여행 달려온 빛을 만난다
두 개의 사랑이 충돌하여 수많은 작은 종,
모래로 울리면
더 먼 과거를 보여 주는 사진이 희미하게 보인다
사랑의 개수를 헤아릴 수 없는 전생의 인연
잇는 일을 시작한다, 부질없다고 결론 낸다
사랑의 위대한 비밀 말해 줄 현상은
어디에도 없지만 어디에나 있다
사상의 지평선을 넘어도 완벽하지 않다
미지의 세계를 파고드는 경계에 선 존재로 남는다

깨진 유리 조각처럼 흩어진 기억이 사랑이다.

풀씨 앞에 머무는 허망함

죽기 살기로 사랑하던 시절이 있었지 않은가
죽기 살기로 살아 보자던 시절이 있었지 않은가 말이다
처용의 얼굴을 문 위에 붙이고
그 뒤에 숨어 비겁했다
삶과 죽음의 또 다른 이름 알고 있는 사람이 있지 않을까 돌
아보면
어둠 속 소리 일어서는 기적 보인다
그림자의 목소리 다 다르다 가로등 그림자와
달빛 그림자 별빛 그림자도 눈을 감고 자신의 노래 부르기에
바쁘다
나의 즐거운 놀이 위해 나무 흔들어 잎 떨어지게 하고
가지 부러뜨리고 뿌리 흔들리게 하여 생명선에 상처 준 건 아
닌가
웃음의 균형 맞추기 쉽지 않다
비가 내리고 풀이 자란다
풀씨 앞에 새의 울음 머물고
허망한 것이 눈부신 날이다.

오월의 신부

삶은 행복을 향해 나아가는 것이 아니라
한 걸음 한 걸음 행복 위를 걷는 것이라네
오월의 신부여,
스스로 날개옷을 접어 장롱 속에 넣었구나

긴 드레스는 함께 갈 시간을 말하고
순백의 순결이 꽃핀 오늘
둥근 끝은 가끔 만나는 험한 풍파
부드럽게 헤쳐 나가라는 말
반투명한 면사포 또한
보지 않고 살 것들이 많이 있다는 의미라네

지금까지 신부의 자리에 선 누구보다 아름답구나
비행기가 구름 위 날아도 활주로는 제자리 지키듯
자신의 자리에서 서로를 기다리며
거기 있다는 사실만으로 서로에게 힘이 되고
살아갈 이유가 된다네

이제 헤어져 각자 집으로 돌아가지 않아도 되나니
오늘 잡은 손 영원히 놓지 말아야 한다네
차라리 욕하고 등짝을 후려치더라도

손 놓으면 안 되는 것이야
오늘부터 사랑 숨기지 않고 충분히 자라게 할
준비가 되었으리라 생각하네

스스로 날개옷을 접어 장롱 속에 넣은
천사여!
나무꾼의 아내가 된 걸 진심 환영한다네.

붉은 눈물의 꽃

아무도 붉은 눈물 흘리지 않았다
도솔함 동백꽃은 온몸으로 떨어져
계절과 계절 사이 길에 피 흘리며 누웠다
부드럽게 비틀어진 다른 기울기가
발등 비추는 눈길에 소스라며 날아오른다

마지막 떨어 날리는 순간까지
꽃잎 한 장도 잃어버리지 않으려
북쪽 툰드라 바람이 솔숲에 널부러질 때
어깨 감싸고 버텨 왔었다
싸구려 시 한 편으로 쌀 한 포대도 못 사는
시인을 아버지로 둔 아이들은
아버지의 팔 힘에 의지하는 걸 일찍 버렸다

고대도시 조개무덤 위에 덮인 흙
농경지 묵밭 한쪽에 모아 섰다
흑염소 두어 마리 서로를 부르는 사이
굳어 가는 지층의 얕은 발굽 아래
그리움의 뿌리를 감춰 두었다, 시인은

찾아오는 바람마다 낯설다
잘못 들어선 길의 어리둥절함
유년 시절 살았던 집에서 느끼는 배신감
강둑에서 바뀌는 풀잎 옷이 허망하다

동백꽃 저들끼리 웅크리고 누웠다
붉은 눈물, 샘이 되어 노을을 담고 있다
도로가에 꽃잎 날리는 흔한 꽃과는
정말 다른 내 생명의 동백꽃이다.

겨울 햇살

눈밭이 눈부신 이유는
나무가 옷을 벗고 있기 때문이다
울 수 있는 건 다 운다고 생각하던 시절
살아 있는 걸 먹고도 태연했다
잡아먹히지 않으려고 허세를 부리며
방어의 발톱을 내보였다
길 가다 은행잎 하나 어깨 툭 치는데
순간 가을이 지나간다
한 생이 끝났다

소망이 떨어지다 어깨 짚는다
보고 싶은 얼굴 앞에 두고
질문 던진다
가진 것과 원하는 것 모두
인간에 속한 것
시간의 틈에서 일어난 혼란의 소용돌이에
손 떠나보내는 중이다

안 된다도 아니다도 물질에 속했다
하루를 영원처럼 살 수 있다고
나머지 생명 포기할 수 있는 건
너로 인함이다

웃고 있다, 사진 속에서 웃고만 있다
허망하게 잊혀진 기억
사랑하는 법에서 밀려난다
바람의 노래, 낙엽의 노래, 햇살의 노래가
들린다
귀 기울이면 너도 들린다.

태극나비에게

너 없는 열차 길은 지루하다
바람도 생명 없이 지나가고
좀비 같은 사람들 표정 일그러뜨리며 구석구석 살핀다
손에 쥔 것도 버리고 가야 하는데
두 손에 쥐지도 못할 것 잔뜩 쌓아 놓고 지키려고 잠 못 잔다
아무도 본질 보지 못하고 껍질과 껍질을 이루는 미묘한 인
상과 조화에 빠져 따라간다
대동아전쟁에 출정하라는 말에 그것이 전부라고 생각했던
조선 청년은 균형의 생각할 수 없었던 죄밖에 없었다
일본 지도자가 독도는 자기 거라고 생각하는 순간 그 밑 각
료들은 말하고 있다, 뻔뻔하게
그들은 좀 있으면 모든 동쪽이 자기네 것이라고 생각하는
뇌 가진 지도자 배출할 것이다
모든 사막이 어린왕자의 것이라고 주장하지 않는 것만으로
감사해야 하는 것인가
우리나라에는 대마도가 우리 것이라고 말하는 각료도 없다
군함도는 우리 것인데 왜 우리 기억에 없을까
군함도에 묻힌 유골과 떠도는 영혼은 전부 우리 선조인 것이
틀림없는데 그것은 왜 우리 것이 아닐까
하늘에 울타리를 칠 수 있다면 노을 보는데 돈 요구할 사람들

많은 것 빼앗기고도 푸른 산은 지킬 것이다
애벌레가 자랄 넓은 잎
지천으로 깔려 기다리고
깃발 펄럭이며 떠나오던 섬
묻히지 못한 뼈들이 바스라지는 소리
나비는 꽃이 핀 곳이면 어디든지 가는데
웃는지 우는지 빨대 펴지 못하고 펄럭인다
푸른 의심 보내도 반짝이는 대답은 스쳐지나가고
네가 필요해
꼭 온다고 했지만 언제 올 지 알려 주지 않아서 초조해.

식사를 한다

떠돌이 객승이 막제에 불려와 승무를 춘다
돈에 매이는 게 싫어 떠난 자리
천수경이야 자다가도 나오지만
종이꽃에 영혼이 담긴다는 믿음에는
변함이 없다
숙이는 무릎이 부들거려도
어떻게든 버텨야 한다

바랑 매던 어깨에 붉은 가사 걸치고
염불춤이 좋아야 신도들 지갑이 열린다는
주지스님의 말이 이마에 박힌 아홉 개 별이다
금빛으로 칠해진 부처님이 갑갑하지 않을까
생각하다가도
부처는 수미단에 앉아 있는 것 아니라는 가르침
떠올린다

마음속에 있다고 믿었던 부처는 이미 사라지고
상 차리고 불러야 온다고 믿는 사람의
지전 밟고 서 있나 보다
무소유도 소유 다음 비치는 그림자에 불과한 것
보살 이름을 구성지게 부를 때

우루루 몰려나와 불전함 방문한다
부처와 보살의 이름 끝도 없이 나온다
참 부를 이름 많다는 것도 복이다
노잣돈은 항상 남아야 하고
그것 챙기는 손이 법을 짓는다
인간이 만든 신과 스스로 존재하는 신이
함께 앉아 식사를 한다
하늘이 푸를 때까지는 괜찮은가 보다.

아픈 찬송가

걸음 소리 따라 눈길 돌리는 걸
소리에 예민해서 그런 줄 알았다
우리는 한 달에 한 번 소리를 읽었다
귀가 눈이고, 손끝으로 읽는
대영사전보다 큰 책 안고 있었다

저들끼리 모여 탁구 치고
발야구도 한다 그들의 운동장에선
울어서 밝아지는 세상이 아닌 줄
너무 일찍 알아 버렸다

빛 사이로 지나가는 희미한 형상
피부에 구름돌기로 돌아도
붉은 노래에 담아 소망할 수밖에
어깨에 올라앉은 신 내려놓고
그렇게
아픈 찬송가가 분수로 선다.

우중 절집

부처님 봄비에 젖으시네
벚꽃에 젖어 웃으시네
홍도화 찬란한 처마 뒷산에
빗방울 어긋난 개울 건너
깃털 하나 날아 내리네

인간의 마음에 금이 가네
빗속에 떨고 있는 새 한 마리
푸른 울음 날아와
걸을 수 없네.

파리의 항변

모기처럼 간지러운 침 넣을 바늘 입은 없네요
피를 빤 것도 아니고 다만 겉을 핥았을 뿐인데
다들 죽이려 애쓰는 게 어이없지만
목숨 걸린 일이라
날개 근육 긴장시킨 채 두리번거려야 하는
힘겨운 하루 살고 있어요

누군가의 먹이로 살아야 한다는 건
방어할 무기 하나 없이 버텨야 하는 건
위험해요
단지 열심히 먹으려 한다는 이유로
생명의 위협을 느끼고 있어요
아무에게도 피해 주지 않는 삶
밥풀떼기 하나도 먹지 않았어요
맹세코
단지 살짝 맛보려고 혀 내민 것이
목숨 내어놓을 죄인 줄 몰랐어요

아무도 알려 주지 않았어요, 이것이 네가 먹을 것이라고……
사자의 깃털에 앉아도 위험하지 않았는데
사람들은 눈앞에 얼씬댄다는 이유로 방충망

파리채를 찾기 시작해요 살충제의 단추 눌러요
너무 잔인한 동물이에요

이제 가을이
그들을 죽일 거예요, 아무도 눈치채지 못하겠지만…….

허망할 수 있다는 말이다

동해는 가끔 남해와 몸을 부빈다
남지나해 떠나온 바닷물이
북쪽 오호츠크해역으로 알 낳으러 가는 길목에
잠시 동해 이름을 얻는다
나에게도 누구의 잘못도 아닌 이름이 붙여지고
그렇게 해는 떴다 잠긴다
동풍이 먼저 걸터앉아 쉴 수 있는 곳에 서 있다
뭔가 이룰 것이 있다고 떠나온 바다
그 속에도 새싹이 돋고 단풍이 든다
물결은 속마음과 다른 방향으로 출렁이고
마음대로 되지 않는 부대낌의 혼돈
죽음으로도 풀리지 않는 매듭을 풀기 위해
개처럼 짖는다
바람은 멈춰도 시간은 죽지 않고
죽음을 초혼가처럼 부르며 찾아다녔다
바닷물이 자신의 몸을 점점 차갑게 식히며
만지고 가는 바위와 모래만큼만 살고 싶은데
머리카락 하나도 떨어뜨리고 가는 게 미안하다

허무하다
헛된 것을 좇아 허비한 시간이
늦가을 풀잎을 점령한 서리 사라지듯 허망하다.

늙은 나무 베어 낸 자리

늙은 사과나무 마지막 붉음이 아궁이에
바친다
매일 밤 옷자락에 맺히는
바람과 별의 전설을 불꽃으로 올린다
화려한 낙하를 마친 마을
너무 보고 싶어 말이 나오지 않는 어스름
햇살의 긴 빗물에 쓸려 내려간 시간이
비스듬한 파동으로 쓸쓸함을 그려 낸다
대접에 달을 담아 보내기도 했었다
어떤 말을 해도 외로움은 사그라들지 않고
처음부터 내 것이 아니었던 그리움
물이 말하고 돌이 말하는 소리가
골목마다 기웃거리며 칭얼댄다
가끔 울면서 살아도 살아지는 게 신기했다
긴 죄업이 끝날 때까지 보고 싶어 하는 건
시간여행자로서의 방황이라는 걸 적는다

사과 달리는 게 점점 적어질 즈음
하루 하나의 알을 낳지 못하는 닭이
같은 구름을 베고 누웠다
불꽃 끝나고 화로에 올라앉아
안도의 한숨 내쉬는 그루터기
이름을 포기할 때가 되었나 보다.

빚 독촉

무엇으로 드려야 할지
내 가진 것 없는데
목숨 하나 드리면 만족하실까

하찮은 목숨 정도는 쌔고 쌨을 테지
젊은 날 주인에게 받은 것은 다 써 버리고
남은 것 하나 없으니 이제 그 빚
갚을 길 없네
죽어서 빚 독촉받을 걱정 앞서네

나는 언제나 이방인이었네
사람의 일만 생각하는 틈바구니에서
신의 목소리 들으려 했었네

신의 일로 고난받다 죽는 것 몰랐었네
욕심에 빠진 것 부패했다고 말했었네

받는 것이 섬기는 것이라고
오만에서 깨어나라고 말하네
기묘한 일은 귀를 자른 일이네
광야 걸을 때
옷 아래 숨긴 무기 내어 보이며 별빛 퍼즐 맞추네

검은 뼈 두 조각 놓인 무덤
나갈 수만 있다면 빈 무덤의 기적 보여 주었을 것
기적 이해할 수 없는 사람
생각에서 벗어난 다른 존재 알고 당황했었네.

깨달음의 시작

밖에 있는 것은 무엇이고
안에 있는 것은 무엇인가
아침에 내가 먹은 감은
내 안에 있는 것이 맞는가
내 안으로 들어오는 순간 형체가 사라지는데
그것을 계속 감이라 부를 수 있는가
그럼 나는 무엇을 먹은 것인가

아침에 본 눈 오는 풍경은
내가 본 순간
내 안에 들어온 것이 아닌가
그러면 내가 본 것은 다 내 안에 있는 것인가
눈으로 본 것은 내 것이라고 할 수 있는가

내가 생각하는 것 내 것 아니라는 말인가
생각으로 가질 수 있다는 말은 참인가
물질을 가지고 가진 것이라 말하는 것은 허구인가
하지만
나는 지금 너를 생각하고 너는 내 안에 있는데

네 머릿속에 나는 없는 것인가
꽃으로 피는 것과 꽃의 이름과
너를 나 되게 하는 모두에서 벗어날 때
언제든지 꽃이 될 수 있다.

결국

통치라는 이름의 권력이 들판 휩쓴다
허수아비 권력자 세워 놓고
이익 채우는 사람과 그들 곁에
부드러운 혀로 삶을 영위하는 개
전체라는 이름 견디기엔 한참 무겁다
풀들 위한다는 명분 앞세워 제초제 뿌리는 일 반복한다
아무도 위로해 주지 않는 풀의 군집
나무 위한다는 말이 나오면 나무 베고
강물 위한다는 말로 물길 막는다

풀 베고 곡식 심는다
누군가의 이익에 기여하지 못하는 풀
뽑혀 나가고 그것조차 더 큰 이익에 지배당한다

땔감으로밖에 쓰여지지 못하는
잡목으로 태어난 천형
죽어라고 일만 하다 죽는다, 결국.

설경

적멸보궁에 부처 없고
깨달음은 마당 빗자국이다

날아간 산비둘기 돌아오지 않아도
낡은 기억 눈 속에 붉게 익는다
키 작은 들풀 마른 무릎 꺾어
겨울과 겨울 사이에 길 잃었다
구경하던 사람 돌도끼 들고
풍경 속 허망함으로 떠나면
눈에 묻힌 네 발자국 꽃이 필 것이다

돌계단 오르는 것 신비로워
살아 있으니 저 눈발 바라보는구나
그때 죽음의 유혹 참아
이 눈이 세상 덮는 것 보는구나 싶은데
번뇌로 날리는 눈
홀로 서 계신 부처님 머리에 분분하다.

초혼

저고리 펄럭여 목숨을 부른다
폐에서 뿌려지는 핏방울로 부르는 이름이다

이제는 이름의 주인 아닌 자의 영혼
떠나보내는 하늘길
기억 바닥에 깔린 낡은 흐느낌
잠시 다녀가는 장터 같은
누구도 머물러 있지 않는 풀밭
먼저 가면 기다리겠고
획책하던 나뭇잎도 떨어지기 마련이다

버틸 수 있는 슬픔의 무게 넘어
삶이 헛돌기 시작한다
이름에 얽매여 있던 것 죄다 찢어발기고
날개 그려 주기로 했다
어떤 끝맺음이든 나쁘진 않지만
안에서 터져 나오는 소리는 쉽지 않다.

죽음 찬미

평생의 삶이 연기였다는 걸 깨닫는 순간
나는 어디에 있는 것인가
아름다움의 덫에 갇혀 떠나지 못했다, 내 영혼
언젠가 모래로 흩어질 때
달빛이 꺼지고 관객은 일어선다
원하는 것 찾기 어렵다는 걸 꽃이 지고서야 알게 되었다
자의식이 꿈을 찢어 들판에 버리고
나조차도 나였던 적이 있었던가
고통만이 자신에게 가는 길을 알고 있었다
시인은 결국 시가 되는 것이다

내 길은 언제나 너에게로 향한 채
꿈속에 갇혀 있었던 것이다
사랑을 피해 도망 다녀도 눈 뜨면 꽃이 지고 있었다
바위 뒤에 숨어도 바람에 날리는 머리카락 들키고
그림자 뒤 숨어도 지친 영혼 발자국 소리 들킨다
내 마음 가서 머무는 그곳
별나비 날개로 자유로운 공간
푸른 바람 머물러 사라지는 시간
그 어디쯤에 기다리고 있었다.

구차하다

절집 뒷마당 얼기설기 돌멩이 쌓아올려
불길 잡아 노을 흔드는 풍경에 선다

수많은 인간의 죄업과 번뇌를 대신해
불타올랐을 종이와 헝겊의 그림
그림자와 재로 흔적 남긴다
살면서 지은 죄와 닥칠 불운
한푼 돈으로 사라질 수 있는 편리함과
곧 이루어질 것 같은 말의 잔치에 참여한 것이다

불로 사를 수 없다면 얼마나 무거운 수레를 끌까
살면서 세우는 인간의 이름 허물어지고
마음 흔들리는 것도 먼 하늘 뒷배경
꽁지머리 새는 잠시 지나가도 앉지 않았다

성냥개비 하나보다 흐린 삶
그렇게 살아가는 사람도 있다는 말이다
말로 살아가는 것이
구차할 수 있다는 말이다.

탐욕의 까마귀에게 전하는 말

초원에 양머릿고기 매달렸다
발 붉은 새 울부짖음으로 욕심 깊이 쟀나 보다
선 긋지 않아도 구역과 영역 있는데
큰 소리로 소유한다고 말해 봐도 가질 수 없다는 걸 모르는
인간 늑대
제 것 가졌으면서도 내 생명 움직이는 원단 요구하는 파렴치
저지른다
남쪽에서 새 생명 얻어 돌아오는 날개들
하나의 함성 아래 모인다

새들도 한 덩어리로 올리는 기도
대한독립만세다
목을 비틀어도 소리는
하늘에서 내려온다
빗물 흐르는 양을 모른 채 막은 둑은 결국 터진다
까마귀 부리에 찢겨 썩는 육신이 금빛이다
범접치 못할 영혼의 세계 붉은데
그냥 육신의 세계 입구 주변만 칠갑하고 일봤다고 자랑질이다
생명의 크기를 알겠는가, 섬에서
전부 가지려다 모두 잃었는데도 그걸 알지 못한 이에게
대한독립만세를 외친다.

너희는 우리보다 더 크게 외칠 수 있느냐
조국 위해 목숨 내놓고 외칠 생명 하나라도 있느냐 물어본다
우리 함성 전 세계가 놀랄 정도, 너희도 외쳐 봐라, 총칼 앞에서—
비겁한 까마귀가 잘 사는 것으로 보이는 세상
목숨으로 신념을 지키는 큰 사랑이 있기에 살 만한 대한민국
이다
내 조국이다.

잡풀의 노래

우리는 그날 송진을 채취하듯 정치에 상처 내고는 진물 나오는 걸 받아 마시며 밤새 떠들었다
그게 잡풀들의 삶이었다
경제에도, 아니 경제학자라는 푸성귀의 밥상에 개똥 닭똥을 얹어 놓기도 했지만 이즈음 달라진 뉴스는 없었다
우리 불만은 고통의 물소리보다, 이슬 묻은 메뚜기 날개보다 하잘것없는 존재로 몰리는 것이었다
잔인한 말을 서슴없이 뿌리곤 후회한다
삶이 삶을 지배하고 지배당하는 것을 용납해 온 자신
배추밭에서 풀 뽑으며 배추를 더 잘 자라게 하는 일 당연하게 생각했었는데
뽑혀진 잡초들은 배추와 다른 목숨을 가지고 태어난 것인가 물어본다
잡풀들 삶의 터전에 배추가 들어와 앉은 것은 아닌가 생각한다

모든 밭에서 잡풀을 제거하는 일을 중지해 주세요
배추 씨앗으로 태어나고 싶어도 잡초 씨앗으로 태어난 삶이더라고요
내가 어떻게 할 수 없는 것으로 차별하지 말아야 해요
배추보다 더 훌륭히 자랄 자신이 있어요
공평한 삶에 큰 힘이 닥칠 일은 없어야 해요
잡풀도 잡풀로서의 삶이 있다는 것 인정하는 들판 되기를 소망해요.

네가 있어 줘서 참 고맙다 라는 손편지를 별에게 부친다.

별빛이 가늘게 떨리며 내 심장에 닿는다.